María de la Luz Reyes

www.laluzbooks.com
mdlaluzr@gmail.com

Cover design by Blueberry Illustrations

ISBN: 978-0-9972790-2-3

Countdown to the Last Tortilla

Cuenta atrás hasta la última tortilla

By María de la Luz Reyes

Illustrator/Ilustradora
Aydee López Martínez

Translation/Traducción
Maribeth Bandas

www.laluzbooks.com
mdlaluzr@gmail.com

To Josefa "Pepa" Vivancos Hernández,
and
to ALL those who used to wear second-hand clothes
and know the joy of new clothes of their very own.
Y
para TODOS los que solían usar ropa de segunda mano
y conocen la alegría de tener su propia ropa nueva.
-M. Reyes

For my mother, Guadalupe, who with her
extraordinary memory and storytelling ability inspired the
images found in this beautiful story of love and patience.
Para mi mamá, Guadalupe, quien con su extraordinaria memoria
y habilidad de cuentista inspiró las imágenes que se encuentran
en este lindo cuento de amor y paciencia. ¡Gracias, Mamá!
- A.L. Martínez

It's early 1950...

Summary: Mamá promises to make her youngest daughter her first new dress from a flour sack. Pepita's clever schemes to speed up the use of the flour brush against *Mamá's* need to feed her large family. *Mamá promete hacerle a su hija menor su primer vestido nuevo de un saco de harina. Los planes de Pepita para acelerar el uso de la harina chocan con los de Mamá, que tiene que alimentar a su familia grande.*

Papá carried a 50-pound sack of flour over his shoulder. He plopped it on the kitchen floor. "This flour will have to last one whole month." Mamá understood the flour had to produce enough tortillas to feed her family of nine. In their household *everything* had to last. The children wore mostly second-hand clothes. Pepita, the youngest, had never owned a new dress of her very own.

Papá cargaba un saco de harina de 50 libras sobre el hombro. Lo dejó caer al piso de la cocina. —Esta harina tendrá que durar un mes entero. Mamá bien sabía que la harina para las tortillas tenía que dar bastante para alimentar a su familia de nueve. En su casa, todo tenía que durar. Los niños casi siempre se vestían con ropa de segunda mano. Pepita, la menor, nunca había tenido su propio vestido nuevo.

After dinner Mamá called Pepita. She dragged the flour sack close and rubbed her hands gently over it. "Look at this beautiful fabric. I'm going to make you a dress from this flour sack."

Después de la cena, Mamá llamó a Pepita. Arrastró el saco de harina cerca y lo acarició con las manos. —Mira qué linda tela. Te voy a hacer un vestido de este saco de harina.

"Just for *ME*?" Pepita kissed Mamá. Suddenly, she twirled around and began tapping her right and left heel to the rhythm of La Raspa. **"TA-RA-TA-RA-TA-RA...TA-RA-RA–RA-RA-TA-TA..."**

—*¿Sólo para mí? Pepita besó a su Mamá. De repente dio una vuelta marcando el ritmo de la raspa con el talón derecho e izquierdo.* **—TA-RA-TA-RA-TA-RA...TA-RA-RA-RA-RA-TA-TA..**

The next morning Pepita rushed into the kitchen where Mamá was scooping some flour for the breakfast tortillas. "Mamá, how many tortillas will you make for breakfast? ...And for supper?... How long will it take to use up all the flour?"
"I don't know. It has to last a whole month."

A la mañana siguiente Pepita corrió a la cocina donde Mamá sacaba una palita de harina para las tortillas del desayuno. —Mamá, ¿cuántas tortillas vas a hacer para el desayuno?...Y, ¿para la cena?...¿En cuánto tiempo se acabará toda la harina? —No lo sé. Nos tiene que durar un mes entero.

That afternoon, Pepita sat at the kitchen table studying the big, fat flour sack… Soon, her eyes lit up. She had come up with a plan to enlist her older brothers and sisters to help. The countdown to the last tortilla began.

Esa tarde, Pepita se sentó en la mesa estudiando el saco gordo de harina... Pronto le brillaron los ojos. Pepita había pensado en un plan para conseguir ayuda de sus hermanos mayores. Así empezó la cuenta atrás hasta la última tortilla.

On the second day, Pepita begged her three older sisters to ask for extra tortillas for dinner. Mamá agreed, but she made *TWO* tortillas each from *ONE* ball of dough. Her sisters giggled when they saw the light shine through the paper-thin tortillas! Pepita frowned.

El segundo día, Pepita les rogó a sus hermanas mayores que pidieran tortillas extra para la cena. Mamá aceptó, pero hizo DOS tortillas de UNA bola de masa para cada una. Sus hermanas dieron carcajadas cuando vieron la luz a través de las tortillas tan delgaditas. Pepita frunció el ceño.

On day three, Pepita convinced her twin brothers to ask Mamá to make buñuelos, sweet cinnamon crisps. "I'm sorry," Mamá told the twins while glancing at Pepita. "We must focus on our meals, not dessert." Pepita's eyes watered.

Al tercer día, Pepita convenció a sus hermanos mellizos
que le pidieran a Mamá que hiciera buñuelos.
—Cuánto lo siento— les dijo Mamá a los mellizos, mirando de reojo
a Pepita. —Tenemos que concentrarnos en la comida, no en el postre.
A Pepita se le soltaron las lágrimas.

On day seven, Pepita set out to recruit Guillermo,
her older brother, to help her. Guillermo was a brick layer.
Mamá would not refuse him.
"GUI...LLER...MO?...GUI...LLER...MO?"
Pepita called out in her hide-and-seek voice.
"Do you need EXTRA tortillas for your lunch? Mamá
can make you more," she said, batting her lashes.

*El séptimo día, Pepita se empeñó en reclutar a Guillermo,
su hermano mayor, para que la ayudara.Guillermo era albañil.
Mamá no le iba a decir que no.
—¿GUI...LLER...MO?...¿GUI...LLER...MO?— Pepita lo llamó
con voz juguetona. —¿No quieres EXTRA tortillas para tu almuerzo?
Mamá te puede hacer más— le dijo con una mirada de niña buena.*

"Pepi…Pepita, you know Mamá has to make the flour last a whole month. Try not to think about your dress. Go outside and play," he said planting a kiss on her cheek as he closed the door.

—Pepi…Pepita, tú sabes que Mamá tiene que hacer que la harina dure un mes entero. Trata de no pensar en tu vestido. Vete afuera a jugar —le dijo, plantándole un beso en la mejilla al cerrar la puerta.

"PBTHT!!! DON'T THINK ABOUT MY DRESS?? How many more days till Mamá makes the last tortilla?? Pepita asked herself all day. ...That night, she went to bed in a bad mood.

—¡¡¡FFFTTT!!! ¿¿CÓMO QUE NO PIENSE EN EL VESTIDO?? ¿¿Cuántos días faltan hasta que Mamá haga la última tortilla??—Pepita se preguntó todo el día. ...Esa noche, se fue a acostar de mal humor.

On day eight, Pepita proposed ANOTHER new idea.
"Mamá, why don't we make enough tortillas for a *WHOLE* week?"
"That's clever, Pepita, but tortillas get hard.
Besides, they taste better fresh."
Pepita sighed. Her ideas were
vanishing like butter on hot tortillas.

*El octavo día, Pepita propuso OTRA nueva idea. —Mamá, ¿por
qué no hacemos bastantes tortillas como para una semana?
—Qué lista eres, Pepita, pero las tortillas se ponen duras.
Además, saben mejor recién hechas.
Pepita suspiró. Sus ideas desaparecían
como mantequilla sobre tortillas calentitas.*

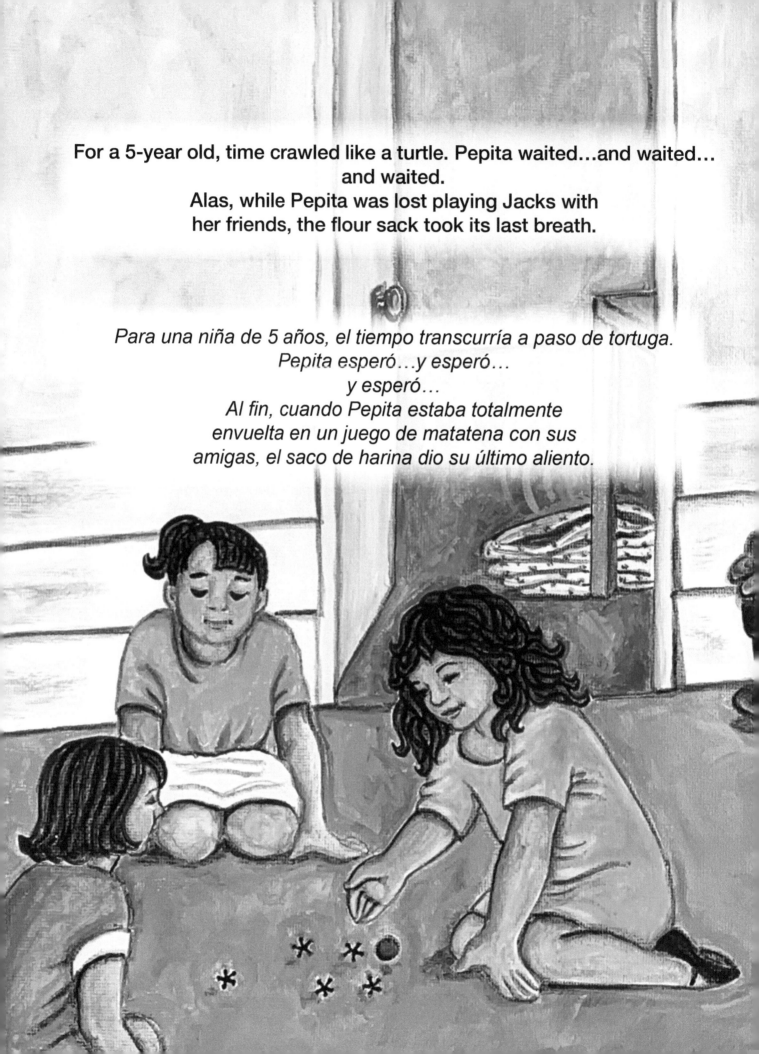

For a 5-year old, time crawled like a turtle. Pepita waited…and waited…
and waited.
Alas, while Pepita was lost playing Jacks with
her friends, the flour sack took its last breath.

Para una niña de 5 años, el tiempo transcurría a paso de tortuga.
Pepita esperó…y esperó…
y esperó…
Al fin, cuando Pepita estaba totalmente
envuelta en un juego de matatena con sus
amigas, el saco de harina dio su último aliento.

Mamá yelled out the window.

Mamá gritó por la ventana.

"Pepita, get the washboard! Help me fill
a small tub with warm water and soap!"

Pepita scrambled to get the washboard.
She soaked the flour sack
in the soapy water. She began humming "TA-RA- TA-RA-TA-TA..."
as she rubbed it across the metal ribs of the washboard.
The water turned milky gray. Mamá changed the water a few times.
Pepita scrubbed the fabric until the water was clear.
"Let's hang it out on the clothesline to dry."

—¡Pepita, trae el lavadero! ¡Ayúdame a llenar la tinaja con agua tibia y jabón!

Pepita corrió por el lavadero. Remojó el saco de harina en el agua espumosa. Empezó a tararear –TA-RA-TA-RA-TA-TA mientras lo tallaba por los surcos de metal del lavadero. El agua se volvió gris lechoso.

Mamá cambió el agua varias veces. Pepita talló la tela hasta ver el agua limpia.

—Hay que colgarlo afuera en el tendedero para que se seque.

Mamá took Pepita's measurements for the dress. She traced them on newspaper to make a pattern. Then she laid the pattern over the fabric and began to cut. Like a jigsaw puzzle, the pieces began to take the form of a dress.

Mamá le tomó las medidas a Pepita para hacerle el vestido. Dibujó las medidas sobre el periódico para hacer un patrón. Después, puso el patrón sobre la tela y empezó a cortar. Como un rompecabezas, las piezas tomaban la forma de un vestido.

Pepita's eyes got big. Smiling, she thanked Mamá and broke into her happy dance. "TA-RA, TA-RA... TA-RA...TA RA -RA –RA- RA—TA-TA..."

Los ojos de Pepita se agrandaron. Le dio las gracias a Mamá y se puso a danzar su baile favorito —TA-RA, TA-RA...TA-RA...TA RA -RA –RA-RA—TA-TA...

Days later, like the fairy godmother,
Mamá had created her own magic.
She had transformed the powdery flour
sack into a beautiful new dress!
Pepita grinned, flailing her arms.
"Be still so I can pull the dress over your head!" Mamá laughed.

*Días después, como un hada madrina, Mamá había creado
su propia magia. ¡Había transformado el saco harinoso en un
hermoso vestido nuevo! Pepita sonrió, agitando los brazos.
—¡Estate quieta para ponerte el vestido!—se rió Mamá.*

Pepita twirled in her new dress.
"¡¡QUÉ BO-NI -TO!!"
She fluffed her thick, unruly curls, put her hands on
her hips and strutted around the kitchen.
"I'M A MOVIE STAR!!!"
Mama pulled in her young daughter for a big bear hug.
"You deserve a dress of your very own, mi'jita."

Pepita dio vueltas con su vestido nuevo. —¡¡QUÉ BO-NI -TO!!
Sacudió sus rizos gruesos y rebeldes y puso las manos
sobre sus caderas. Orgullosa, recorrió la cocina.
—¡¡¡SOY UNA ESTRELLA DE CINE!!!
Mamá tomó a su hijita para darle un abrazote.
—Mereces tu propio vestido, mi'jita.

Brief History of Flour Sack Clothing

In the late 1920s and early 30s, flour and seed mills began using inexpensive floral print cotton bags to package their goods. At the time, most American working-class families were poor. Few could afford department store clothing. Thrifty, enterprising women turned to those bright-colored print sacks to make dresses, skirts, shirts, under garments, and other clothing for every family member. Cotton sacks were also used to make tablecloths, napkins, curtains, linens, and other household items. This practice continued into the early 1950s.

Pillsbury, the largest flour mill in the world, and other companies included an extra yard to make sure there was enough fabric to make a dress. As the popularity of cotton sacks for children's and women's clothing rose, mills competed in producing the most desirable themed fabric with animals, toys, flowers, and kitchen themes. These provided families with many options, resulting in more loyal customers for millers. Wives often accompanied their husbands shopping to make sure that the sacks matched the fabric they already had for their sewing projects. Flour sacks even included patterns for stuffed animals and dolls, complete with instructions.

As the economy improved, the popularity of cotton sack clothing began to wane. Today, vintage flour sack cotton fabric is scarce, but it can still be found in internet stores. A few select Latino markets also carry a small supply of flour sacks manufactured by Lacey Milling Company, under the California Special label.

The photos below show the author, and another little girl wearing flour sack dresses. The third little girl is wearing a flour sack skirt with a crochet top.

Breve historia de la ropa de saco de harina

A finales de 1920 y 1930, las fábricas de harina y de semilla comenzaron a usar sacos de algodón estampado de bajo costo para empacar sus bienes. En esa época, la mayoría de las familias obreras en los Estados Unidos era pobre. Pocos podían comprar ropa de las tiendas. Las mujeres emprendedoras y ahorrativas empezaron a usar los sacos de coloridos estampados para hacer vestidos, blusas, faldas, camisas, ropa interior y más para cada miembro de la familia. Los sacos de algodón también se usaban para hacer manteles, cortinas, sábanas, y demás artículos para el hogar. Esta costumbre continuó hasta los principios de 1950.

Pillsbury, el mayor fabricante de harina en el mundo, y otras compañías incluían una yarda extra de tela para que alcanzara para hacer un vestido. Gracias a la popularidad de los sacos de harina para la ropa de niños y mujeres, los molineros empezaron a competir en la producción de la tela más deseada con temas de animales, juguetes, flores y artículos de la cocina. Así las familias tenían muchas opciones y resultaba en una clientela más fiel para los molineros. Las mujeres acompañaban a sus maridos a las compras para asegurarse que las telas de los sacos hicieran juego con las que ya tenían para sus costuras. Los fabricantes hasta incluían patrones con instrucciones para hacer muñecas y peluches.

En lo que iba mejorando la economía, la popularidad de la ropa hecha de sacos de harina comenzó a menguar. Hoy, la tela antigua de algodón estampado es escasa, pero se encuentra en las tiendas del internet. Unos selectos mercados latinos también venden unos pocos sacos de harina de Lacey Milling Company, bajo la marca California Special.

En las fotos que siguen se ve a la autora y a otra niña con sus vestidos de saco de harina. La tercera niña lleva una falda de saco de harina con una blusa de ganchillo.

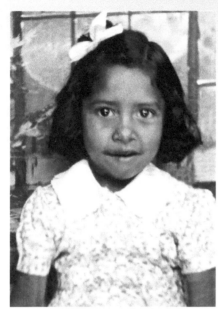

María de la Luz Reyes

Laura Urioste (nee López)

Mia Soto Cruz

Photographs used with permission of María de la Luz Reyes,
Laura Urioste (nee López), and Mia Soto Cruz.

Classroom Activities-*Actividades Para la Aula*

1. Find historical photos from the internet of people wearing flour sack dresses or other flour sack clothing. Post the pictures on the bulletin board. *Busca en Internet fotos históricas de gente con vestidos u otra ropa hecha de sacos de harina. Publica las fotos en el tablón de anuncios.*

2. Read about flour sack mills, like Pillsbury, to discover different uses for flour sack fabrics. *Lee sobre las fábricas de harina para descubrir los diferentes usos de los sacos de harina.*

3. Interview your grandmother or other elderly relatives to find out if they wore dresses or made other articles of clothing from flour sacks. *Entrevista a tu abuela u otras personas mayores para enterarte si usaban vestidos o cosían otra ropa de sacos de harina.*

4. Organize four students to learn to dance La Raspa. Bring the music and perform the dance for your class. *Organiza a cuatro estudiantes para que aprendan a bailar la raspa. Trae la música y báilenla para la clase.*

5. In the story, Papá brings home a 50-pound flour sack for a family of nine. This flour has to last about one month. Mamá uses 6 cups of flour to makes 25 tortillas for one meal. How would you divide those 25 tortillas among nine people? Explain why some family members might receive more tortillas than others. *En el cuento, Papá trae a la casa un saco de harina de 50 libras para la familia de nueve. La harina tiene que durar un mes. Mamá usa 6 tazas de harina para hacer 25 tortillas para una comida. ¿Cómo dividirías esas 25 tortillas entre nueve personas? Explica por qué unos miembros pueden recibir más tortillas que otros.*

Acknowledgements

Many thanks to my *"comadres,"* Rosa Moreno,
Maribeth Bandas, Alma Navarro, Nicole Thompson, María Enríquez,
and Josefa "Pepa" Vivancos Hernández for their input and suggestions;
to María "Maruca" Otero for her tortilla consultancy, and
summa cum laude thanks always, to my husband,
John Halcón, for his enduring love and support.
A special recognition and thanks to my fabulously talented
illustrator, Aydee López Martínez, who plunged into the story
with enthusiasm and commitment. It was pure joy working with a
consummate artist who understood the cultural nuances of the story,
and always seemed to be on the same wave length with me!

Mil gracias a mis "comadres," Rosa Moreno, Maribeth Bandas, Alma Navarro, Nicole Thompson, María Enríquez, y Josefa "Pepa" Vivancos Hernández, por su ayuda y sugerencias; a María "Maruca" Otero por su consulta sobre las tortillas, gracias summa cum laude a mi marido, John Halcón por su constante cariño y apoyo. Un reconocimiento especial y gracias a mi fabulosa y talentosa ilustradora, Aydee López Martínez, que se sumergió en el cuento con entusiasmo y compromiso. Fue pura alegría trabajar con una artista consumada que entendía los matices culturales del cuento, ¡y parecía casi siempre estar en la misma onda conmigo!

Other books by María de la Luz Reyes:

Available on Amazon

CPSIA information can be obtained
at www.ICGtesting.com
Printed in the USA
BVHW052237131019
560953BV00002B/4/P